ALFRED WELLM

Der Hase und der Mond

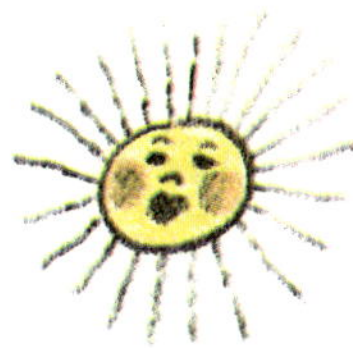

Der Hase und der Mond

Namibische Fabeln und Märchen
erzählt von Alfred Wellm

Illustrationen von Eva Natus-Šalamoun

DER KINDERBUCHVERLAG BERLIN

DEN KINDERN IN AFRIKA
GEWIDMET

ISBN 3-358-00845-2

DIESE FABELN UND MÄRCHEN
kommen aus einem Land, das sehr weit von uns ab liegt, aus Namibia, aus dem Südwesten Afrikas. Ich habe sie gesammelt und nacherzählt. Aber vielleicht wollt ihr erfahren, wie ich daraufgekommen bin.

Ich lernte eines Tages Marcus, Clefton, Esme, Sio und viele andere namibische Kinder kennen. Sie waren noch klein, hatten sehr dünne Beine und dicke Hungerbäuche, und sie hatten schon viel Grausames durchgemacht. Denn Namibia ist ja nicht frei. Ihre Eltern hatten mit ihnen, um sich zu retten, das Land verlassen müssen, und so hatten sie lange in Flüchtlingslagern gelebt. Aber auch dort waren sie sich ihres Lebens nie sicher gewesen, denn oft waren südafrikanische Soldaten über die Grenze gekommen und hatten die Lager überfallen. Esme, sie war damals vier Jahre alt, hatte mit angesehen, wie ihre Eltern und ihr Bruder erschossen wurden. Viele, sehr viele Kinder haben ihre Eltern verloren. Andere Kinder haben noch Narben an den Armen, den Beinen oder auf dem Rücken, die von Gewehrkugeln oder Bombensplittern herrühren. Eine

Schar solcher Kinder also zog nun eines Tages in ein Kinderheim, das in einem meiner Nachbardörfer steht. Sie haben sich dort schnell erholt, und sie lernten in erstaunlich kurzer Zeit unsere Sprache sprechen, so daß wir uns bald gut über alles unterhalten konnten. Ich habe sie oft besucht, oder sie kamen zu mir – sie können anmutig tanzen und laut und lebhaft singen.

Aber ich stellte bald fest, daß sie gar keine Märchen kannten. Das war mir ganz unerklärlich. Doch dann erfuhr ich, daß sich ja vieles in der Lebensweise der namibischen Menschen verändert hat, daß man ihnen ihre Herden und das Land genommen hat und sie bei den weißen Farmern arbeiten mußten. Und daß es ihnen verboten worden war, im Kraal* ihre Feste zu feiern und sich am Feuer zu versammeln, wie sie das ja früher immer getan hatten. Sie hatten getanzt und gesungen oder am Feuer gesessen und ihre Mythen, Fabeln und Märchen erzählt. Aber das alles durften sie nicht mehr. So war es schließlich gekommen, daß ihre Erzählungen verlorengingen. Und nicht nur das, sondern auch ihre alten Bräuche und viele ihrer Lieder und Tänze sind ihnen auf diese Art genommen worden.

Diese Informationen haben mich tief erschüttert. Ich habe mir daraufhin alte Bücher schicken lassen, in denen Aufzeichnungen von Missionaren veröffentlicht waren, die schon vor der Kolonialzeit dort gelebt hatten und die Menschen zum Christentum hatten bekehren wollen (z.B. Briefe von G. Krönlein und anderen). Da stellte ich fest, daß die namibischen Stämme früher einen sehr reichen Erzählschatz gehabt haben. Und das ist gar nicht verwunderlich, denn sie waren einst mit ihren Rinderherden viel umhergezogen und hatten mit zahlreichen anderen Stämmen und Völkern Berührung gehabt und ihre eigene Kul-

* *im Hirtendorf*

tur somit ständig bereichert. Gefielen ihnen die Mythen und Fabeln der anderen, so übernahmen sie diese und erzählten sie in ihrer Weise. Sie erzählten gern, und in jedem Kraal gab es wahre Erzählkünstler unter ihnen. Das wiederum bereicherte ihre Sprache. Ja, manche namibischen Stämme haben eine Sprache, die an Ausdruckskraft und -vielfalt wahrscheinlich der unseren überlegen ist.

Ich habe die Aufzeichnungen der Missionare immer wieder gelesen. Manches war nur bruchstückhaft niedergeschrieben, aber es gab einen Einblick in diese Welt. Außerdem habe ich an vielen Nachmittagen mit einem Kreis namibischer Frauen zusammengesessen, mit Ndahafa, Nambata, Alina, Franzina und Elina, und wir haben uns über ihre Heimat unterhalten, über den Kampf um die Befreiung Namibias, aber auch über die Tiere und Pflanzen und über das Leben dort. So daß ich mich schließlich daranmachen konnte, ihre früheren Fabeln und Märchen nachzuerzählen. Dies hier ist nur ein kleiner Teil davon. Ich bin noch bei der Arbeit, später will ich euch einmal ein dickes Buch vorlegen.

Lohmen, Juli 1984

Alfred Wellm

Wasser löscht das Feuer nicht, das Feuer brennt das Stöcklein nicht, das Stöcklein schlägt die Ziege nicht, die Ziege geht zum Ofen nicht, dort werden wir nicht naß.«

Aber auch das Seil hörte nicht auf diese Worte.

Da wurde die Alte ärgerlich und befahl der Maus: »Maus, Maus, zernage das Seil! Denn das Seil erwürgt den Ochsen nicht, der Ochse trinkt das Wasser nicht, das Wasser löscht das Feuer nicht, das Feuer brennt das Stöcklein nicht, das Stöcklein schlägt die Ziege nicht, die Ziege geht zum Ofen nicht, dort werden wir nicht naß.«

Da bat die Maus um ein Stückchen Käse, und die alte Frau versprach es ihr.

Und sogleich fing an die Maus das Seil zu nagen, und das Seil würgte den Ochsen, und der Ochse soff das Wasser, und das Wasser löschte das Feuer, doch das Feuer fing schnell an, das Stöcklein zu brennen, worauf das Stöcklein nun die Ziege schlug. Da meckerte die alte Ziege und sprang geschwind in den Backofen.

Und sie wurden nun nicht naß.

Der Ursprung des Todes

EINST TRUG DER MOND

dem Tausendfüßler eine Botschaft auf und sandte ihn zur Erde. »Geh zu den Menschen und sage ihnen: So, wie ich sterbe und sterbend lebe, so sollt auch ihr sterben und im Sterben leben!«

Der Tausendfüßler wanderte schon viele Tage, als ihm unverhofft der Hase begegnete.

»Wohin des Wegs?« fragte der Hase.

»Ich bin vom Mond gesandt«, antwortete der Tausendfüßler, »und soll den Menschen ausrichten, so, wie er stirbt und sterbend lebt, so sollen auch sie sterben und im Sterben leben.«

»Ach was«, sagte der Hase, »du bist mir ein zu langsamer Bote, laß mich statt deiner gehen und die Botschaft zu den Menschen bringen.« Mit diesen Worten eilte er davon.

Und als er zu den Menschen kam, rief er: »Ich bin vom Mond gesandt, um euch seine Botschaft mitzuteilen: So, wie der Mond stirbt und sterbend vergeht, so sollt auch ihr sterben und im Sterben vergehen!«

Danach eilte der Hase zum Mond und sagte ihm, er sei es, der den Menschen die Botschaft übermittelt habe.

»Sprich«, sagte der Mond, »was hast du ihnen ausgerichtet?«

Und der Hase erwiderte: »So, wie du stirbst und sterbend vergehst, so sollen auch sie sterben und im Sterben vergehen.«

»Was«, sagte der Mond, »das hast du gesagt?« In seinem Zorn griff er nach einem Beil, um den Hasen zu erschlagen.

Jedoch er führte den Schlag zu kurz aus und traf nur die Oberlippe. Der Hase indes wehrte sich mit seinen Pfoten. So also kommt es, daß der Hase heute eine Scharte in der Lippe hat und daß das Antlitz des Mondes zerkratzt ist. Der Mensch aber muß im Sterben vergehen.

Der Pavian und die Schlange

EIN PAVIAN GING EINMAL

auf einem Berg umher und suchte sich Nahrung, drehte die Steine um und sah, ob es ein paar Spinnen unter ihnen gäbe. Bis er ein Zischen neben sich vernahm.

»So hilf mir doch«, sagte die Schlange. »Siehst du nicht, daß ich in Not bin, ein großer Stein ist auf mich gefallen, von dem ich mich nicht mehr befreien kann.«

Der Pavian überlegte nicht lange, ging hinüber und wälzte den schweren Stein zur Seite.

Aber die Schlange, als sie sich wieder frei bewegen konnte, dankte es ihm nicht. Vielmehr richtete sie sich auf und wollte jetzt den Pavian beißen.

»Verzeih, wenn ich dir unrecht tat«, sagte der Pavian. »Laß uns zuvor zu klugen Leuten gehen, damit sie uns sagen, ob du im Recht bist!«

Sie machten sich auf den Weg und begegneten dem Hasen.

»Ist es wohl recht, daß mich die Schlange beißen will, obwohl ich den Stein aufhob, der schwer auf ihr lastete?« sagte der Pavian.

Der Hase hatte jedoch große Angst vor der Schlange, und um sie nicht zu erzürnen, erwiderte er: »Jaja, die Schlange ist im Recht.«

Sogleich wollte die Schlange sich auf den Pavian stürzen. »Nein, laß uns zuvor zu anderen klugen Leuten gehen«, rief der Pavian, »damit auch sie sagen, daß du im Recht bist!«

Hiernach trafen sie die Hyäne.

»Ist es wohl recht«, sagte der Pavian, »daß mich die Schlange beißen will, obwohl ich ihr half, da sie hilflos unter einem schweren Steine lag?«

Und die Hyäne erwiderte: »Nun, was wäre schon dabei, wenn du gebissen würdest!«

Und wieder wollte die Schlange den Pavian beißen.

»Nein, warte!« rief er. »Laß uns zuvor noch andere kluge Leute fragen, damit wir auch von ihnen hören, daß du im Recht bist!«

Später sahen sie einen Schakal, und der Pavian sagte: »Bitte, ist es wohl recht, daß mich die Schlange beißen will, obwohl ich ihr das Leben rettete, als sie ein schwerer Stein bedrückte?«

Der Schakal mochte keinen der beiden so recht leiden, fürchtete sich aber vor der Schlange.

»Ich kann es mir gar nicht vorstellen«, sagte er, »daß die Schlange sich nicht hätte allein befreien können. In dieser Sache kann ich nur den eigenen Augen trauen. Kommt, wir wollen zurückgehen, und ich werde sehen, ob das möglich ist!«

Sie machten sich auf und bestiegen wieder jenen Berg; und die Schlange, um die Wahrheit zu beweisen, legte sich nieder. Und der Pavian wälzte den schweren Stein auf sie.

»Nun, wenn du es kannst, so krieche hervor!« sagte der Schakal.

Aber es war wie vordem, sosehr die Schlange sich auch mühte, sie konnte sich nicht bewegen.

»Nein, es gelingt mir nicht«, entgegnete sie.

Um sicher zu sein, wiederholte der Schakal seine Aufforderung: »Krieche hervor, wenn du es kannst!«

»Aber du siehst doch, nein, ich kann es nicht«, antwortete die Schlange.

Der Schakal wiegte den Kopf.

»Ich gebe zu, es ist wirklich schwer, hier Recht zu sprechen, darum rate ich euch beiden, den Sachbestand zu lassen, wie er ist.«

Er nickte dem Pavian zu, und sie gingen schnell davon.

Vom Löwen, der sich in eine Frau verwandelte

MEHRERE FRAUEN,

so erzählt man, gingen einmal aus, um Feldkost zu suchen. Auf dem Heimweg, noch weit von ihrem Kraal entfernt, setzten sie sich nieder und sprachen zueinander: »Laßt uns die Feldkost probieren, ob wir sie recht gesammelt haben!« Da merkten sie, daß die Feldkost der einen süß und widerlich, hingegen die der anderen Frauen bitter und angenehm schmeckte. »Sieh, deine Feldkost ist süß«, sagten sie, »wirf sie nur weg und such dir andere Früchte des Feldes!«

Sie befolgte sogleich den Rat, machte sich auf den Weg und sammelte Feldkost, die wohlschmeckend und bitter war. Als sie genug beisammen hatte, eilte sie zurück und hielt Ausschau nach den Frauen. Aber sie konnte sie nirgends finden. Nur einen Hasen sah sie, der unten am Fluß saß und Wasser schöpfte.

»Hase«, sagte sie, »schöpfe auch mir ein wenig Wasser, denn ich habe den ganzen Tag Feldkost gesammelt und habe nichts getrunken.«

Aber der Hase sagte: »Nein, nur mein Oheim, der Löwe, und ich dürfen aus dem Becher trinken.«

Sie aber bat ihn abermals, er möchte ihr doch etwas Wasser schöpfen.

Und wieder sagte der Hase: »So höre doch, nur ich und mein Oheim, der Löwe, dürfen aus dem Becher trinken.«

Und sie bat ihn ein drittes Mal. »Bitte, Hase, gib mir ein wenig Wasser!«

Als der Hase es ihr wieder verwehrte, entriß sie ihm den Becher, schöpfte mit ihm Wasser und trank aus ihm. Der Hase aber rannte heim und erzählte dem Löwen, welche Schmach man ihm angetan habe.

Die Frau indes hatte getrunken, hatte den Becher hingestellt und war des Wegs gegangen.

Bald jedoch hörte sie den Löwen hinter sich gelaufen kommen, und sie begann zu singen:

»Meine Mutter, meine Mutter hatte mich gewarnt,
meine Mutter, meine liebe Mutter wollte mich nicht gehen lassen,
Feldkost zu sammeln, oho, oho!
Ich aber, ihre Tochter,
ich aber, ihre unfolgsame Tochter ...«

Dann hörte sie den Löwen ganz in ihrer Nähe und rannte hinter einen Dornenbusch. Und auch der Löwe sprang hinter den Dornenbusch. So jagte er eine Zeit hinter ihr her. Bis er die schönen Ringe und Perlen gewahrte, mit denen die Frau geschmückt war, und er sagte: »Wenn du mir deinen Schmuck nur einen Augenblick leihen würdest, so wollte ich dir auch nichts tun, und es wäre dir verziehen, daß du aus unserem Becher getrunken hast.«

Hieraufhin legte die Frau alle ihre Perlen und Ringe ab und reichte sie dem Löwen.

Aber der Löwe, da ihm der Schmuck so sehr gefiel, wollte sich nicht wieder davon trennen. Er hatte sich die Ringe aufgezogen und die glitzernden Perlen umgehängt, und er weigerte sich, sie wieder zurückzugeben.

So jagte nun die Frau hinter dem Löwen her, sie lief immer um den Busch herum, bis schließlich der Löwe stürzte und die Frau auf seinen Rücken sprang und ihn niederhielt.

Da sprach der Löwe eine Beschwörungsformel. »Gevatterin, es ist nun Morgen und Zeit aufzustehen; erhebe dich doch und laß mich los!«

Da konnte die Frau nicht anders und stand auf. Und nun jagte wieder der Löwe hinter ihr her, bis schließlich die Frau stürzte und der Löwe auf sie zusprang und sie niederhielt.

Jetzt sprach die Frau die Zauberformel. »Mein Oheim, es ist nun Morgen und Zeit aufzustehen; erhebe dich doch und laß mich los!«

Und der Löwe konnte nicht anders und erhob sich; und alsdann jagte die Frau wieder hinter ihm her. Und abermals stürzte der Löwe, und die Frau sprang auf seinen Rücken und hielt ihn nieder. So daß der Löwe wieder die Beschwörungsformel sprach. »Gevatterin, es ist nun Morgen und Zeit aufzustehen; erhebe dich doch und laß mich los!«

Da stand sie denn auf, und wieder begann die Jagd um den Dornenbusch, bis die Frau stürzte und der Löwe sie niederhielt. »Mein Oheim, es ist nun Morgen und Zeit aufzustehen; erhebe dich doch und laß mich los!«

Aber der Löwe sagte hieraufhin: »Hé Kha! Ist's wirklich Morgen und Zeit aufzustehen?«

Und als er dieses gesprochen hatte, machte er sich daran und fraß sie auf. Jedoch er achtete sehr darauf, daß er die Haut der Frau nicht verletzte. Und nach dem Mahl zog er sich selbst die Menschenhaut über und legte die Kleider und den Schmuck an, so daß er nun vollkommen wie die Frau aussah.

In solcher Verkleidung machte er sich auf den Weg zum Kraal. Niemand erkannte ihn. Und als er durch den Kraal ging, lief ihm sogleich die kleine Schwester der Frau entgegen und sagte: »Lieb Schwesterchen, schenk mir doch ein wenig Milch ein, denn ich habe solchen Durst!«

Aber der Löwe, indem er die Stimme verstellte, sagte: »Ich? Wie komme ich denn dazu?«

Da wandte sich das Mädchen an seine Mutter und bat sie, ihm Milch einzuschenken.

»So geh doch zu deiner Schwester«, sagte die Mutter, »warum läßt du dir von ihr die Milch nicht geben.«

Und das Mädchen trat wieder vor den Löwen und sagte: »Bitte, lieb Schwesterchen, so gib mir doch ein wenig Milch!«

Und abermals sagte der Löwe: »Ich? Wie komme ich denn dazu!«

Die Mutter, die das mit angehört hatte, sagte verwundert: »Ich hatte es ihr verboten, aus dem Kraal zu gehen, Feldkost zu sammeln, nun, da sie wiedergekommen ist, ist sie wie verwandelt.« Und zu dem Mädchen sprach sie: »Geh zum Hasen und bitte ihn, daß er dir Milch einschenkt.«

Da ging die Kleine mit ihrem Bambus zum Hasen, und er schöpfte ihr die Milch.

Weil aber der Löwe nun ebenso einen großen Durst verspürte, bat er das Mädchen, ihn auch von der Milch trinken zu lassen. »Ja, gewiß«, sagte das Mädchen, und so tranken sie nun beide aus dem Bambus.

Dabei tröpfelte ein wenig Milch auf die Hand des kleinen Mädchens, und der Löwe neigte sich und leckte sie auf. Aber seine Zunge war so scharf und rauh, daß die Hand sogleich zu bluten anfing. Doch auch das Blut leckte der Löwe auf.

Da klagte die Kleine es ihrer Mutter: »Mütterchen, meine Schwester kneift mir lauter Löcher in die Haut und saugt von meinem Blut.«

Und die Mutter sprach: »Nein, was für eine Löwennatur deine Schwester doch von dem Wege mitgebracht, den zu machen ich ihr verboten habe, das weiß ich in der Tat nicht!«

Als es Abend wurde, kamen die Kühe in den Kraal. Der Löwe sah, wie es die anderen Frauen machten, reinigte die Geschirre und ging zum Melken. Doch als er sich den Kühen näherte, wurden sie sehr unruhig, und nicht eine einzige unter ihnen wollte sich von ihm melken lassen.

Was ist nur über sie gekommen, dachte die Mutter, daß sich die Kühe vor ihr ängstigen, es sind ja doch dieselben Kühe, die sie jeden Abend gemolken hat? Was mag nur über sie gekommen sein?

Als es Nacht geworden war und der Löwe im Schlummer lag, sah man plötzlich ein paar Löwenhaare aus der Haut heraushängen. Die Leute erschraken hierüber sehr; und die Mutter sagte: »Wahrlich, das ist nicht meine Tochter, die ins Feld gegangen war, obwohl ich es verboten hatte; denn dies ist ein ganz anderes Wesen.«

Da machten sich die Bewohner des Kraals daran, die Hütte, in der der Löwe schlief, abzubrechen. Während sie die Matten abnahmen, sprachen sie folgende Beschwörungsformel: »Wenn du uns geneigt bist, o Matte, so gib den Ton sawa von dir!« Denn das bedeutete, daß sie kein Geräusch machen werde. Und zu den Pfählen, auf denen die Hütte ruhte, sprachen sie: »Wenn du uns geneigt bist, o Pfahl, mußt du den Laut gara von dir geben!« Und auch zu den Bambussen und Fellen sprachen sie solche Sätze, so daß sie die Hütte und alles Zubehör ohne ein Geräusch entfernen konnten. Dann sammelten sie viele Grasbüschel, legten sie auf den Löwen und steckten sie in Brand. Wobei sie sprachen: »Bist du uns freundlich geneigt, o Feuer, dann mußt du so aufflammen: Bubu! ehe du an das Herz gelangst!«

Daraufhin flammte das Feuer in dieser Weise auf. Und als es an das Herz kam, so sprang aus ihm das Herz der getöteten Frau heraus und fiel auf die Erde.

Die Mutter aber hob es auf und legte es in eine Kalebasse*.

»Was ist nur«, sagte der Löwe, »was macht ihr denn mit mir, deine Tochter hat mir doch gut geschmeckt!«

* *Flaschenkürbis, als Gefäß benutzt*

»Ja«, riefen die Leute, »dafür hast du jetzt auch einen sehr guten, warmen Platz.«

Die Mutter nahm von nun an immer die erste Milch von den Kühen, die soeben ein Kalb geboren hatten, und gab sie in die Kalebasse, in der das Herz ihrer Tochter lag. Fortan vergrößerte sich das Gefäß, und in der gleichen Weise wuchs auch ihre Tochter.

Es verging die Zeit.

Eines Tages, ehe die Frau ausging, um Holz zu sammeln, sprach sie zum Hasen: »Hase, kümmere dich darum, daß alles sauber und in Ordnung ist, wenn ich mit dem Holz zurückkomme!«

Während nun die Mutter fort war, stieg die Tochter aus der Kalebasse und begann mit ihrer Arbeit. Sie kehrte und reinigte die Hütte, so wie sie es früher immer getan hatte. Dann sagte sie dem Hasen: »Wenn dich meine Mutter fragt, so antworte ihr, du, der Hase, hättest es getan«. Und danach versteckte sie sich hinter den Geräten in der Hütte.

Als nun die Mutter nach Hause kam, war sie erstaunt und sagte: »Hase, es sieht ganz so aus wie zu der Zeit, da meine Tochter noch alles in Ordnung zu halten pflegte. Sag mir, wer hat das nur getan?«

Der Hase antwortete: »Ich war es, ich, der Hase, habe es getan.«

Aber die Mutter glaubte ihm das nicht. Sie ging zu der Kalebasse, und als sie sah, daß sie leer war, suchte sie hinter den Fellen und Geräten. Und auf einmal sah sie ihre Tochter.

Sie umarmten sich, küßten einander und freuten sich. Und seit jenem Tage ging die Frau nie wieder alleine Feldkost suchen, und sie tat fortan wieder alles, wie sie es von früher her gewohnt war.

Der Leopard und der Widder

ALS DER LEOPARD

einst von der Jagd heimkehrte, führte ihn der Weg am Kraale eines Tieres vorbei, dem er noch nie begegnet war und dessen Aussehen ihn sehr erschreckte. Er näherte sich ihm in unterwürfiger Weise und sagte: »Guten Tag, mein Freund! Aber ich kenne dich noch gar nicht, sag, wie magst du wohl heißen?«

Der Widder, der sich ebenfalls sehr fürchtete, erwiderte mit rauher Stimme und indem er sich mit dem Vorderfuß auf die Brust schlug: »Ich bin der Widder; aber wer bist du?«

»Der Leopard«, versetzte jener, mehr tot als lebendig. Dann nahm er Abschied und eilte, so schnell er laufen konnte, heim.

Sogleich ging er hinüber zum Schakal. »Ach, Freund Schakal, ich bin ganz außer Atem und noch halbtot vor Schreck, denn ich bin soeben einem fürchterlichen Burschen begegnet, der einen unsagbar dicken Kopf hatte und der mir auf die Frage nach seinem Namen ganz grob erwiderte, er sei der Widder.«

»Was bist du doch für ein närrischer Kerl von Leopard«, rief der Schakal, »daß du solch ein schönes Stück Fleisch fahrenläßt! Nun laß es gut sein, wir wollen morgen hinausgehen, um es gemeinsam zu verzehren.«

So machten sie sich am folgenden Tage auf den Weg zum Kraale des Widders. Da aber der Leopard sich immer noch ängstigte, hatte ihn der Schakal zuvor mit einem Riemen an sich festgebunden.

Der Widder indes stand auf einem Hügel und hielt Ausschau, wo er wohl heute die zartesten Kräuter finden könne, als er die beiden drunten im Tale kommen sah. Da eilte er zu seiner Frau und rief: »Frau, mein letztes Stündchen hat geschlagen, denn der Schakal und der Leopard sind auf dem Weg zu mir! Sag mir, was soll ich jetzt nur machen!«

»Sei nicht bange«, sagte seine Frau beherzt, »hier, nimm das Kind schnell auf den Arm und geh hinaus und kneife es recht tüchtig, auf daß es schreit, als habe es seit Tagen nichts gegessen!«

Der Widder tat, was seine Frau ihm riet. Er nahm das Kind, stellte sich vor die Büsche des Kraals und wartete.

Wieder ergriff den Leoparden große Furcht, da er den Widder drüben stehen sah. »So komm doch, habe keine Angst!« sprach der Schakal und zog an seinem Riemen.

Als sie nun nahe genug waren, fing der Widder an, sein Kind zu kneifen, so daß es zum Erbarmen schrie und weinte. Augenblicklich trat seine Frau hinzu und rief: »Das ist recht, Freund Schakal, daß du uns den Leoparden zum Essen bringst, hörst du, wie unser Kind nach Nahrung schreit? Seit Tagen hat es nicht einen Happen Fleisch gegessen.«

Der Leopard, als er das vernahm, stürzte in größter Angst davon. »Warte, halte doch ein!« rief der Schakal; aber der Leopard schleifte ihn über Gestein und Sträucher und blieb erst wieder stehen, als sie den schützenden Kraal erreichten und der Schakal halbtot an seinem Riemen hing.

So entkam der Widder.

Warum der Reiher einen geknickten Nacken hat

DER SCHAKAL KAM EINST,

so erzählt man, zur Buschtaube, die auf der Felsenspitze wohnte, und sagte: »Gib mir doch eines deiner Kinderchen, ich habe schon zwei Tage nichts gegessen!«

»Nein, das will ich wohl bleibenlassen«, erwiderte die Taube.

Da sagte der Schakal: »Wenn du es mir nicht sofort herunterwirfst, komme ich selbst hinaufgeflogen und nehme mir, was ich begehre.« Hieraufhin warf die Taube eines ihrer Kinderchen hinunter.

Aber nach ein paar Tagen kam der Schakal wieder vorbei und forderte eines ihrer Kinder. Und die Taube gab es ihm.

»Warum weinst du nur so?« fragte der Reiher, als er die Taube anderntags besuchte.

»Der Schakal hat mir meine Kinderchen genommen«, antwortete die Taube, »darum weine ich.«

»Aber wie kann er sie dir denn wegnehmen?« fragte der Reiher.

»Als er mich um sie bat, schlug ich es ab«, erwiderte die Taube, »aber dann sagte er, er werde selbst heraufgeflogen kommen und sich nehmen, was er begehre. Da warf ich sie hinunter.«

»Was bist du doch dumm und einfältig«, sprach der Reiher, »hast du schon je gehört, daß die Schakale fliegen können!«

Als der Schakal nun eines Tages wiederkam und abermals ein Junges forderte, rief die Taube zu ihm hinunter: »Du lügst ja, der kluge Reiher hat mir gesagt, du könntest gar nicht fliegen.«

Da ging der Schakal seines Weges und sagte für sich: »Warte, Freund Reiher, das will ich dir vergelten!«

Und als er den Reiher eines Abends am Ufer stehen sah,

trat er zu ihm und fragte: »Sag mir, Bruder Reiher, wenn der Wind von dieser Seite weht, wie stehst du dann?«

Der Reiher wendete ihm seinen Nacken zu und sprach: »So stehe ich, indem ich meinen Nacken auf die Seite beuge.«

»Wenn aber nun ein Gewitter kommt und es regnet, wie stehst du dann?«

Und der Reiher antwortete: »Dann stehe ich so, indem ich meinen Nacken hierhin beuge.« Da schlug ihn der Schakal auf den Nacken und brach ihn mitten entzwei.

So kommt es, daß des Reihers Nacken geknickt ist.

Der Hase und der Löwe

AN EINER WASSERSTELLE,
weitab in einem Wald, lebte einmal ein Löwe, den alle Tiere sehr fürchteten. Niemand, der zu jener Quelle gegangen, um den Durst zu stillen, war je zurückgekommen. Schließlich mieden alle Tiere diese Wasserstelle.

Doch eines Tages, als wieder die Quellen versiegt und die Flüsse ausgetrocknet waren, beschloß der Hase, zu jener gefürchteten Wasserstelle zu gehen, um zu trinken. Die Tiere sprachen auf ihn ein und warnten ihn, doch er hörte nicht auf sie und machte sich gleich auf den Weg.

Kaum aber hatte er die Wasserstelle erreicht, sprang der Löwe hinter einem Strauch hervor und fing den Hasen.

»Ach, lieber Löwe, laß mich leben«, bat der Hase, »sieh doch, ich bin so schmal und bin so klein, du wärest gar nicht satt, wenn du mich fressen würdest.«

Der Löwe hatte an diesem Tage schon ein ganzes Zebra aufgefressen, er war so satt, daß er nicht eine Maus mehr hätte fressen können, darum ließ er den Hasen los und erlaubte ihm, ans Wasser zu gehen und seinen Durst zu stillen.

Der Hase, als er genug getrunken hatte, dankte dem Löwen mit schmeichlerischen Worten. Sie kamen ins Gespräch. Und der Hase bewunderte vor allem die große Mähne und die kräftigen, sehr schnellen Pranken des Löwen. »Aber man spricht im Land«, so fuhr der Hase fort, »drüben auf der anderen Seite des Waldes gebe es noch einen zweiten Löwen, und dessen Mähne wäre noch ein wenig größer, und seine Pranken wären stärker als die deinen und sein Rücken noch ein bißchen mächtiger.«

»Unsinn!« sagte der Löwe, und die Nachricht verstimmte ihn. Er stand auf und reckte sich und ging mürrisch umher. »Sprich, hast du diesen Löwen schon einmal gesehen?«

»Um die Wahrheit zu sagen«, sprach der Hase, »ja, ich habe ihn schon selbst einmal gesehen.«

»Führe mich sofort zu ihm!« sagte der Löwe. »Ich werde dir und allen Tieren beweisen, daß ich der stärkste Löwe bin.«

So liefen sie nun beide durch den fast endlos langen Wald. Und der Hase hörte nicht auf, von jenem Löwen zu erzählen, der wie kein anderer Löwe brüllen könne und der in einer runden, weit in die Erde reichenden Höhle wohne. Sie liefen und liefen, bis sie zu den höchsten Bäumen des Waldes kamen; und unter diesen Bäumen war ein tiefer Brunnen. »Dort«, sagte der Hase, »dort ist seine Höhle.« Er trat zurück, als habe er große Furcht.

Aber der Löwe war unerschrocken und ging, ohne zu zögern, an den Brunnen, beugte sich weit hinüber und brüllte, wie er noch nie in seinem Leben gebrüllt hatte. Und tatsächlich erblickte er unten einen großen Löwen, und er hörte, wie auch dieser Löwe mächtig brüllte.

Und da der Löwe mutig war und sich nicht fürchtete, sprang er hinunter und – ertrank.

So kam es, daß fortan die Tiere des Waldes wieder zu ihrer Wasserstelle gehen konnten.

Warum der kleine Fuchs schneller als der Löwe laufen kann

EINST, SO WIRD ERZÄHLT,
waren alle wilden Tiere des Landes bei ihrem Oheim, dem Löwen, versammelt. Der Schakal aber war zu einem Streich aufgelegt, und als der Löwe schlief, überredete er den kleinen Fuchs, aus Straußensehnen einen Strick zu flechten und den Schwanz des Oheims an den großen Busch zu binden. Der kleine Fuchs verrichtete dies mit aller Vorsicht. Als nun der Löwe erwachte und sah, daß er gebunden war, wurde er sehr zornig, rief sogleich die Tiere zu sich und sprach: »Welches Kind der Liebe seines Vaters und seiner Mutter, welcher Liebessprößling des Vaters und der Mutter hat mich gebunden?«

Zuerst winkte er dem Hasen, vor ihn zu treten. Und der Hase sagte: »Ich, Kind der Liebe meiner Mutter und meines Vaters, ich, Mutters und Vaters Liebessprößling, habe es nicht getan.«

Danach trat das Zebra vor den Löwen, danach die Schildkröte, danach der Springbock. Jeder beteuerte seine Unschuld auf die gleiche Weise. Als der Löwe aber den kleinen Fuchs fragte, sagte dieser: »Ich, Kind der Liebe meiner Mutter und meines Vaters, ich, Mutters und Vater Liebessprößling, habe dich angebunden.«

Da zerriß der Löwe den Strick aus Straußensehnen und jagte dem kleinen Fuchs hinterdrein. Hieraufhin aber sprach der Schakal eine Beschwörungsformel aus.

»Du, Sohn der hageren Füchsin,
Du, Kind der Liebe deiner Mutter und deines Vaters,
Du, Mutters und Vaters Liebessprößling,
Du wirst nimmer ergriffen werden!«

Und in der Tat, der Löwe blieb bald hinter dem kleinen Fuchs zurück und gab seine Verfolgung auf. Und der kleine Fuchs konnte fortan nie wieder ergriffen werden.

Vom kranken Löwen, der Hyäne und dem schlauen Schakal

EINST, SO SAGT MAN,
war der Löwe erkrankt, und es kamen viele Tiere, um ihn in seinen Leiden zu besuchen. Alleine der Schakal blieb aus; denn es war ihm nicht entgangen, daß die Spuren derer, die zum Lager des Löwen führten, nicht wieder zurückkehrten. Als nun die Hyäne zum Löwen kam, verklagte sie den Schakal und sagte: »Obschon ich gekommen bin, nach dir zu sehen, läßt sich der Schakal nicht herbei, um dich in deinen Leiden zu besuchen.«

Da schickte der Löwe die Hyäne aus, um den Schakal zu fangen.

»Nun«, sagte der Löwe, als der Schakal vor ihn trat, »alle sind hiergewesen, du aber bist nicht gekommen, um nach mir zu sehen.«

Der Schakal aber gab zur Antwort: »Nicht doch, lieber Oheim! Als ich hörte, daß du so schwer erkrankt seiest, ging ich zum Zauberdoktor, um mir seinen Rat zu holen und ihn zu fragen, was für eine Arznei dir von deinen Schmerzen helfen würde. Der Doktor aber sagte so zu mir: ›Geh und sage deinem Oheim, er möge die Hyäne ergreifen, ihr das Fell abziehen und sich, solange es noch warm ist, hineinwickeln.‹ Nur so wird dein Oheim wieder genesen.«

Der Löwe folgte dem Rat. Er ergriff die Hyäne und zog ihr, während sie aus Leibeskräften heulte, das Fell über die Ohren und wickelte sich hinein.

Dem Schakal aber dankte er mit vielen guten Worten.

Wie der Schakal den Löwen überlistete

DER SCHAKAL HATTE DEM LÖWEN wieder einmal einen Streich gespielt, und der Löwe grollte ihm. So hielt es der Schakal für ratsam, seinem Herrn eine Zeitlang auszuweichen. Doch eines Tages überraschte ihn der Löwe am Fuße eines Felsens, wo es kein Entweichen gab. Geistesgegenwärtig richtete sich der Schakal auf, stellte die Vorderfüße gegen den Felsen und schrie den Löwen um Hilfe an.

»Was gibt es?« fragte der Löwe.

»Was es gibt? Siehst du nicht, daß der Felsen im Begriff ist einzustürzen? Komm schnell und halte ihn, damit ich einen Stock hole, um ihn abzustützen!«

Der Löwe kam sogleich herbei, stellte sich hoch und drückte die Pranken gegen die Wand des Felsens.

Und der Schakal konnte entkommen.

Das Ungeheuer

EINMAL, SO WIRD ERZÄHLT,
gab es in einem Kraal ein Ungeheuer, das den Namen Nambahu hatte. Es lebte dort mit seiner Frau und seinen beiden Kindern, der Tochter Naasheshengwa und dem Sohn, den sie Enkembe nannten. Beide Kinder liebten ihre Mutter sehr, doch vor ihrem Vater fürchteten sie sich, da er zuweilen Menschen fraß und sich jederzeit, wie er es nur wollte, in eine andere Gestalt verwandeln konnte.

Tagsüber war Enkembe draußen und hütete die Rinder, während sich seine Schwester Naasheshengwa zu Hause nützlich machte, Körner stampfte oder Brennholz sammeln ging. Einmal hörte Naasheshengwa, wie ihr Vater zu sich selbst redete, daß es ihn verlange, seinen Sohn zu fressen, Enkembe. Von jetzt an achtete die Schwester auf alles, was der Vater vorhatte und worin er sich verwandeln würde.

Eines Tages wurde sie gewahr, wie sich das Ungeheuer in Enkembes Essen tauchte, sich ganz still verhielt und auf Enkembe lauerte. Da rannte Naasheshengwa, so schnell sie konnte, aus dem Kraal und sprach zu ihrem Bruder:

»Enkembe, mein Bruder,
wenn du jetzt nach Hause kommst,
iß nicht das Mittagessen!
Dahinein hat sich dein Vater gesetzt,
er verlangt nach deinen Gedärmen,
nach einem Happen Fleisch von dir, Enkembe.«

Da antwortete Enkembe:

»Naasheshengwa, meine Schwester,
ich habe vernommen, was du mir gesagt hast.
Brich ein kleines Brennholz und kehre zurück,
brich kleines Brennholz
für das Haus des Nambahu, Sohn des Engombe,

kehre zurück durch das Buschholz, das Buschholz,
das kreuz und quer wächst!
Da fandest du einen Frosch, der hinaufgeklettert ist,
ein Vögelchen hat sich in seinem Loch versteckt,
eine Schildkröte hat Flügel bekommen.
Du gingst durch die Schilfniederung hindurch,
am Platz der Ondago-Früchte hast du gegraben,
der Ondago-Früchte, die uns nicht sättigen.«

Da eilte das Mädchen zum Kraal zurück, und als Enkembe nach Hause kam, tat er zunächst, als ob er essen wolle. Doch dann schob er den Brei von sich und stand auf. »Oh, wie kann ich eine Speise essen, in der sich ein Mensch versteckt!«

Da sprang das Ungeheuer aus dem Topf und sagte: »Haha, der Kerl ist schlau. Aber warte, ich kriege dich doch!«

Ein andermal wieder hatte sich das Ungeheuer am Eingang des Kraals versteckt, durch den Enkembe mit seinen Rindern kommen würde. Doch Naasheshengwa hatte es rechtzeitig gesehen und rannte wieder zu Enkembe und sprach:

»Enkembe, mein Bruder,
wenn du jetzt in den Kraal kommst,
geh nicht durch den Eingang, durch den es dich immer führt!
Da drinnen hat sich dein Vater versteckt,
er verlangt nach deinen Gedärmen,
nach einem Happen Fleisch von dir, Enkembe.«

Und Enkembe antwortete:

»Naasheshengwa, meine Schwester,
ich habe vernommen, was du mir gesagt hast.
Brich ein kleines Brennholz und kehre zurück,
brich kleines Brennholz

für das Haus des Nambahu, Sohn des Engombe,
kehre zurück durch das Buschholz, das Buschholz,
das kreuz und quer wächst!
Da fandest du einen Frosch, der hinaufgeklettert ist,
ein Vögelchen hat sich in seinem Loch versteckt,
eine Schildkröte hat Flügel bekommen.
Du gingst durch die Schilfniederung hindurch,
am Platz der Ondago-Früchte hast du gegraben,
der Ondago-Früchte, die uns nicht sättigen.«

Und Enkembe befolgte wieder, was ihm die Schwester geraten hatte, trieb die Rinder durch einen anderen Eingang in den Kraal, und wieder sagte das Ungeheuer: »Haha, der Kerl ist schlau. Aber warte, ich kriege dich doch!«

So ging Nambahu umher und überlegte, wie er seinen Sohn endlich überlisten könne.

Eines frühen Morgens, ehe noch die Menschen aufgestanden waren, machte er sich auf den Weg ins Feld zu einem wilden Feigenbaum, bei dem Enkembe den Tag zu verbringen pflegte, wenn er die Rinder hütete, und das Ungeheuer verwandelte sich diesmal in eine Feige.

Aber Naasheshengwa war ihm nachgegangen und hatte alles beobachtet. Und wieder warnte sie ihren Bruder und sprach:

»Enkembe, mein Bruder,
wenn du jetzt ins Feld kommst,
iß nicht von den Früchten des Baumes, der dir Schatten gibt!
Da in einer Feige lauert dein Vater,
er verlangt nach deinen Gedärmen,
nach einem Happen Fleisch von dir, Enkembe.«

Und Enkembe sagte wieder:

»Naasheshengwa, meine Schwester,
ich habe vernommen, was du mir gesagt hast.

Brich ein kleines Brennholz und kehre zurück,
brich kleines Brennholz
für das Haus des Nambahu, Sohn des Engombe,
kehre zurück durch das Buschholz, das Buschholz,
das kreuz und quer wächst!
Da fandest du einen Frosch, der hinaufgeklettert ist,
ein Vögelchen hat sich in seinem Loch versteckt,
eine Schildkröte hat Flügel bekommen.
Du gingst durch die Schilfniederung hindurch,
am Platz der Ondago-Früchte hast du gegraben,
der Ondago-Früchte, die uns nicht sättigen.«

Als nun Enkembe unter den Baum trat, sah er sogleich die große Frucht, und er sprach: »Ach, was ist das für eine seltsame Feige!« Und hiernach hob er den Speer und stach sie auf.

»Enkembe, mein Kind«, rief das Ungeheuer, »du erstichst mich ja. Hast du gar keine Achtung mehr vor deinen Vätern!«

Aber Enkembe erwiderte: »Ich habe keine Väter, die in Feigen sitzen.« Und er zog den Speer erst wieder heraus, als das Ungeheuer gestorben war.

Dann ging er in den Kraal zurück und erzählte es seiner Schwester Naasheshengwa. Und sie brauchten sich von jetzt an nie wieder zu fürchten.

Das Weisheitskrämerchen

EINMAL, SO ERZÄHLT MAN,
wäre ein Mädchen namens Ndahafa ausgegangen, um nach Feldfrüchten zu graben. Sie hatte sich ganz alleine auf den Weg gemacht. Doch kaum hatte sie die Arbeit angefangen, so seien plötzlich fremde Männer aus dem Schilf getreten, die für sie gesucht und gegraben hätten, so daß der Sack im Nu gefüllt gewesen war. »Geh nun nach Hause«, sprachen die Männer, »und sage den Mädchen in deinem Kraal, du habest die Früchte ganz allein gefunden, auf daß sie alle herkommen, um auch zu graben!«

So ging denn Ndahafa heim und erzählte ihren Freundinnen, sie habe alle Früchte selbst gefunden. Und sie verabredeten sich, am nächsten frühen Morgen gemeinsam zu jener Stelle hinauszugehen.

Aber es war ihnen Ndahafas kleine Schwester auf dem Weg gefolgt, und als die Mädchen es gewahr wurden, sagten sie: »Was soll denn diese Kleine hier, so schickt sie doch nur wieder heim!«

»Warum?« sagte Ndahafa. »Läuft sie nicht auf ihren eigenen Füßen, ihr braucht sie ja wohl nicht zu tragen.«

So kamen sie in jenes Tal und machten sich gleich an die Arbeit. Nur das kleine Mädchen sah sich alles genau an und sagte: »Woher kommen nur die vielen Fußspuren, ich denke, du bist alleine hier gewesen?«

»Wieso, ich bin umhergegangen und habe mich umgeschaut«, sagte Ndahafa, »darum müssen wohl so viele Spuren sein.«

Aber die Kleine wollte es nicht glauben und überlegte, denn sie war ein Weisheitskrämerchen.

Sie war unruhig, unterbrach die Arbeit, ging bald hierhin und bald dorthin. Sie stieß auf die Höhle eines Ameisenfressers und sah hinein. Später jedoch bemerkte sie mehrere Männer im Schilf, die sich ihnen näherten. Sie aber kehrte zurück und grub weiter mit den Mädchen. »Warum siehst du dich nur immer um und gräbst nicht«, sagte man, »nein, was ist das für ein sonderbares Kind!« Sie indes arbeitete stillschweigend fort.

Schließlich traten die Männer aus dem Schilf; und der eine unter ihnen, der überdies nur ein Auge hatte, blies auf einem Rohr. Er blies: »Heute soll Blut fließen, Blut fließen, Blut fließen!«

Die Mädchen richteten sich auf und wurden lebhaft.

»Versteht ihr auch wohl, was auf dem Rohre geblasen wird?« sagte die Kleine, denn sie selbst kannte die Sprache des Rohres. »Kommt, laßt uns heimeilen, auf daß wir uns retten!«

Aber die Mädchen hörten nicht auf sie. »Nein, was ist das für ein sonderbares Kind!«

Und als die Männer herbeitraten, fingen die Mädchen zu tanzen an.

Da ging auch die Kleine und tanzte mit den anderen. Aber sie hatte ihrer Schwester Fellmantel an den ihrigen gebunden und achtete auf alles. Später benutzte sie eine Gelegenheit, um zu entschlüpfen, und sie zog die große Schwester mit sich fort.

»Verstehst du denn nicht, was auf dem Rohre geblasen wird?«

»Nein, woher sollte ich es wohl verstehen.«

Als nun Ndahafa hörte, was da zum Tanze geblasen wurde, erschrak sie sehr, und es überfiel sie eine lähmende Angst. »Ach, meine Schwester, was sollen wir nur tun?«

»Laß uns zur Höhle des Ameisenfressers gehen«, sagte die Kleine, »vielleicht, daß wir uns in der Höhle retten.« Sie hieß Ndahafa voranzugehen, sie selbst aber folgte ihr, indem sie rückwärts schritt und in die Fußtapfen der

Schwester trat. So daß nur eine Spur zu sehen war, die außerdem noch in die falsche Richtung führte.

Als sie die Höhle erreichten, stiegen sie schnell hinein und bedeckten sich mit Spinnenweben. Kaum daß sie damit fertig waren, hörten sie auch schon die lauten, klagenden Schreie der Mädchen.

»Ach, meine Schwester!« sagte Ndahafa.

»Auch wir wären jetzt nicht mehr am Leben«, antwortete die Kleine.

Allein der Einäugige, nachdem sie alle Mädchen getötet hatten, vermißte die beiden. »Wo mögen nur die hübschen Mädchen sein, die mit mir tanzten?«

Da lachten die Männer und verspotteten ihn; er habe sie wohl mit dem fehlenden Auge gesehen, riefen sie.

Jedoch der Einäugige beharrte darauf, daß noch zwei Mädchen hier gewesen wären. Schließlich machten sie sich auf und suchten; aber da die Spur ja in die falsche Richtung führte, irrten sie lange hin und her. Dann gingen sie die Spur zurück und kamen zu des Ameisenfressers Höhle, aus der die Spur, wie es schien, gekommen war. Sie bückten sich und sahen in die Höhle, konnten aber nichts erkennen. Als der Einäugige in die Höhle blickte, nahm die Kleine die Spinnenweben zurück und glotzte ihn an.

»Da sitzen sie ja!« rief der Einäugige. »Da sitzen sie ja!«

Wieder sahen die anderen hinein, doch wieder konnten sie nichts als Spinnenweben erkennen.

Da nahm einer der Männer seinen Speer und stieß ihn in die Höhle, und er traf Ndahafas Ferse. Das Weisheitskrämerchen aber hielt den Speer zurück und wischte erst das Blut herunter; gleichzeitig warnte es die Schwester, nicht zu schreien.

Wieder spähte der Einäugige hinein, und wieder glotzte ihn das kleine Mädchen an.

»Da sitzt sie ja! Da sitzt sie ja!«

Und als die anderen Männer hineinblickten, sahen sie wieder nichts. »Gewiß, er hat sie mit dem fehlenden Auge gesehen«, spotteten sie. Und da sie Durst bekommen hatten, wollten sie endlich trinken gehen; der Einäugige aber sollte bei der Höhle wachen.

Als sie alleine waren und der Einäugige abermals in die Höhle starrte, sprach die Kleine eine Beschwörungsformel.

»Du schmutziger Sohn deines Vaters,
bist du dort, bist du allein nicht durstig?
Oh, du schmutziges Kind deines Vaters,
schmutziges Kind deines Vaters!«

»Allerdings bin ich durstig«, sagte da der Einäugige und ging davon.

Geschwind kamen sie beide aus der Grube. Und da Ndahafa eine kranke Ferse hatte, lud sich das Weisheitskrämerchen die Schwester auf den Rücken. Sie eilten fort, so gut es ging. Doch während sie über eine kahle Ebene kamen, auf der weder Bäume noch Sträucher wuchsen, konnten die Männer sie erblicken. »Da sind sie ja, dort in der Ferne!« riefen sie. Und eilten ihnen nach.

Als nun die Männer schon sehr nahe waren, sprach das kleine Mädchen einen Zauberspruch, und sie verwandelten sich auf der Stelle in zwei Dornenbüsche. Die Perlen aber, die die Mädchen getragen hatten, wurden zu Gummikugeln an den Zweigen der Sträucher.

Die Männer waren herbeigekommen, aber sie sahen nichts. Da aßen sie alle von den Gummikugeln an den Zweigen, und sie ermüdeten sogleich und fielen in einen tiefen Schlaf.

Die beiden Büsche verwandelten sich wieder, und die Mädchen machten sich nun daran, die Augen der Männer mit den Gummikugeln zu verschmieren. Dann eilten sie davon.

Viel später erwachte der Einäugige. Aber er konnte sein Auge nicht öffnen und rief:

»O Schande! Pfui über dich!
Die Augen sind uns verklebt!
Pfui über dich, mein Bruder!«

Nun erwachten auch die anderen Männer. Aber sie konnten ebenso nichts sehen, torkelten umher und pulten an den Augen. Dann, als sie endlich wieder blicken konnten, waren sie sehr verwundert, denn es fehlten ja die beiden Dornenbüsche.

Schließlich sahen sie die Spur des kleinen Mädchens, und sie nahmen die Verfolgung wieder auf.

Aber die beiden Schwestern hatten schon den Kraal erreicht und erzählten ihren Eltern und allen, die herbeigekommen waren, was sich zugetragen hatte.

Da weinten und wehklagten sie viele Tage.

»Genug!« sagten die Damara

Eine Geschichte vor dem Einschlafen

ES WAR EINMAL

ein kleines Mädchen, das hatte eine Eingi* vom Baum gepflückt, und es sagte zu seiner Mutter: »Mutter, warum sagst du nicht: ›Meine Erstgeborene, gib mir deine Eingi!‹ Denkst du etwa, daß ich sie dir nicht geben würde, oder was tue ich?« Und die Mutter sagte nun: »Meine Erstgeborene, gib mir deine Eingi!« Daraufhin reichte das Mädchen der Mutter die Eingi und ging hinaus. Die Mutter aber aß die Eingi auf.

Doch als das Mädchen zurückkam, sagte es: »Mutter, gib mir nun meine Eingi wieder!«

»Mein Kind, ich hab sie aufgegessen«, entgegnete die Mutter.

Da sprach das Mädchen: »Wie kommt es doch, daß du meine Eingi aufißt, Mutter, die ich von unserem Baume pflückte?«

Die Mutter wollte das Kind beruhigen und schenkte ihm eine Nadel.

Da ging das Mädchen fort und traf den Vater und sah ihm zu, wie er mit Dornen Riemen nähte. »Wie kommt es, Vater«, sagte das Mädchen, »daß du mit Dornen nähst? Warum sagst du nicht: ›Meine Erstgeborene, gib mir deine Nadel!‹ Denkst du etwa, daß ich sie dir nicht geben würde, oder was tue ich?« Und der Vater sagte nun: »Meine Erstgeborene, gib mir deine Nadel!« Daraufhin reichte das Mädchen dem Vater die Nadel und ging davon.

Doch wie es geschah, die Nadel brach entzwei. Und als das Mädchen zurückkam, sagte es: »Vater, gib mir nun meine Nadel wieder!«

»Mein Kind, die Nadel ist zerbrochen«, entgegnete der Vater.

Da sprach das Mädchen: »Wie kommt es doch, daß du

* *eine Frucht*

meine Nadel zerbrichst, Vater, die mir meine Mutter schenkte, die meine Eingi aufgegessen, die ich von unserem Baume pflückte?«

Der Vater wollte das Kind beruhigen und schenkte ihm ein Beil.

Da ging das Mädchen fort und traf die Burschen, die hinter dem Kraal die Rinder hüteten. Doch sie waren gerade dabei, Honig auszunehmen, und sie fällten die Honigbäume mit zugespitzten Steinen. »Ihr Söhne unseres Hauses«, sagte das Mädchen, »wie kommt es, daß ihr mit Steinen die Bäume fällt? Warum sagt ihr nicht: ›Unsere Erstgeborene, gib uns dein Beil!‹ Denkt ihr etwa, daß ich es euch nicht geben würde, oder was tue ich?« Und die Burschen sagten nun: »Unsere Erstgeborene, gib uns dein Beil!« Daraufhin reichte das Mädchen ihnen das Beil und ging davon.

Doch das Beil platzte entzwei. Und als das Mädchen zurückkam, sagte es: »Ihr, meine Brüder, gebt mir nun mein Beil zurück!«

»Unsere Erstgeborene«, entgegneten die Burschen, »das Beil ging uns entzwei.«

Da sprach das Mädchen: »Wie kommt es doch, ihr Söhne unseres Hauses, daß ihr das Beil zerschlagt, das ich von meinem Vater habe, der meine Nadel zerbrochen hat, die mir meine Mutter schenkte, die meine Eingi aufgegessen, die ich von unserem Baume pflückte?«

Die Burschen wollten das Mädchen beruhigen und schenkten ihm in einer Schale Honig.

Da ging das Mädchen fort und traf ein altes Mütterchen, das Insekten aß. »Ach, Mütterchen«, sagte das Mädchen, »wie kommt es, daß du Insekten ißt? Warum sagst du nicht: ›Meine Erstgeborene, gib mir deinen Honig!‹ Denkst du etwa, daß ich ihn dir nicht geben würde, oder was tue ich?« Und die Frau sagte nun: »Meine Erstgeborene, gib mir deinen Honig!« Daraufhin reichte das Mädchen ihr den Honig und ging davon.

Und die Alte setzte sich und aß den Honig auf. Und als das Mädchen zurückkam, sagte es: »Mütterchen, gib mir nun meinen Honig wieder!«

»Mein liebes Kind«, sagte das Mütterchen, »ich habe ihn aufgegessen.«

Da sprach das Mädchen: »Wie kommt es doch, Mütterchen, daß du meinen Honig aufißt, den mir meine Brüder schenkten, die mein Beil zerschlugen, das ich von meinem Vater hatte, der meine Nadel zerbrochen hat, die mir meine Mutter gab, die meine Eingi aufgegessen, die ich von unserem Baume pflückte?«

Da gab die alte Frau ihm eine Handvoll Körner.

Diesmal traf das Mädchen die Fasanen, die in der Erde scharrten und sich Nahrung suchten. »Ihr lieben Fasanen«, sagte es, »wie kommt es, daß ihr in der Erde scharrt? Warum sagt ihr nicht: ›Erstgeborene, gib uns deine Körner!‹ Denkt ihr etwa, daß ich sie euch nicht geben würde, oder was tue ich?« Und die Fasanen sagten: »Erstgeborene, gib uns deine Körner!« Und das Mädchen gab sie ihnen und ging davon. Doch als es zurückkam, sagte es: »Ihr lieben Fasanen, gebt mir nun meine Körner wieder!«

»Aber wir haben sie aufgepickt«, antworteten die Fasanen.

Und das Mädchen sprach: »Wie kommt es doch, daß ihr meine Körner aufpickt, die ich von einem Mütterchen bekam, das meinen Honig aufgegessen, den mir meine Brüder schenkten, die mein Beil zerschlugen, das ich von meinem Vater hatte, der meine Nadel zerbrochen hat, die mir meine Mutter gab, die meine Eingi aufgegessen, die ich von unserem Baume pflückte?«

Da flogen die Fasanen auf, und ein jeder von ihnen zog sich eine Feder aus und warf sie dem Mädchen zu.

Hiernach kam das Mädchen zu den Kindern, die auf den Bergen die Schafe weideten. Sie zupften Haare aus den Fellen der Schafe, um damit zu spielen, und das Mädchen sagte: »Ihr Kinder unseres Dorfes, was pflückt ihr doch an den Fellen herum? Warum sagt ihr nicht: ›Erstgeborene, gib uns deine Fasanenfedern!‹ Denkt ihr etwa, daß ich sie euch nicht geben würde, oder was tue ich?« Und die Kinder sagten: »Erstgeborene, gib uns deine Federn!« Daraufhin gab das Mädchen ihnen die Federn und ging davon.

Jedoch die Federn brachen allesamt entzwei, und als das Mädchen zurückkam, sagte es: »Gebt mir nun meine Federn wieder!«

»Sie sind uns zerbrochen«, entgegneten die Kinder.

Und das Mädchen sprach: »Wie kommt es doch, daß ihr meine Federn zerbrecht, die ich von den Fasanen hatte, die meine Körner aufgepickt, die ich von einem Mütterchen bekam, das meinen Honig aufgegessen, den mir meine Brüder schenkten, die mein Beil zerschlugen, das ich von meinem Vater hatte, der meine Nadel zerbrochen hat, die mir meine Mutter gab, die meine Eingi aufgegessen, die ich von unserem Baume pflückte?«

Und die Kinder schenkten ihr ein Schälchen Milch.

Da traf das Mädchen eine Katze, die Hunger hatte und an einem Knochen leckte. »Du, unsere Katze«, sagte es, »wie kommt es, daß du an einem Knochen leckst? Warum sagst du nicht: ›Erstgeborene, gib mir dein Schälchen Milch!‹ Denkst du etwa, daß ich sie dir nicht geben würde, oder was tue ich?« Und die Katze sagte: »Erstgeborene, gib mir dein Schälchen Milch!« Daraufhin gab das Mädchen ihr die Milch und ging des Wegs. Und als es wiederkam, sagte es: »Kätzchen, gib mir nun meine Milch zurück!«

»Ich habe sie ausgetrunken«, entgegnete die Katze.

Und das Mädchen sprach: »Wie kommt es doch, daß du meine Milch austrinkst, die ich von den Kindern hatte, die meine Federn mir zerbrachen, die mir die Fasanen zugeworfen, die meine Körner aufgepickt, die ich von einem Mütterchen bekam, das meinen Honig aufgegessen, den mir meine Brüder schenkten, die mein Beil zerschlugen, das ich von meinem Vater hatte, der meine Nadel zerbrochen hat, die mir meine Mutter gab, die meine Eingi aufgegessen, die ich von unserem Baume pflückte?«

Und die Katze gab dem Mädchen ihren Knochen.

Da traf das Mädchen einen Hund, der eine Maus gefangen hatte. »Du, unser Hund«, sagte es, »wie kommt es, daß du Mäuse fängst? Warum sagst du nicht: ›Erstgeborene, gib mir deinen Knochen!‹ Denkst du etwa, daß ich ihn dir nicht geben würde, oder was tue ich?« Und der Hund sagte: »Erstgeborene, gib mir den Knochen!« Daraufhin gab das Mädchen ihm den Knochen und ging davon.

Und als es zurückkam, sagte es: »Gib mir nun meinen Knochen wieder!«

»Ich habe ihn aufgegessen«, antwortete der Hund.

Und das Mädchen sprach: »Wie kommt es doch, daß du meinen Knochen ißt, den ich von der Katze hatte, die meine Milch getrunken hat, die mir die Kinder reichten, die meine Federn mir zerbrachen, die mir die Fasanen zugeworfen haben, die meine Körner aufgepickt, die ich von einem Mütterchen bekam, das meinen Honig aufgegessen, den mir meine Brüder schenkten, die mein Beil zerschlugen, das ich von meinem Vater hatte, der meine Nadel zerbrochen hat, die mir meine Mutter gab, die meine Eingi aufgegessen, die ich von unserem Baume pflückte?«

»Nun ist's genug!« sagten die Damara.*

* *ein namibischer Volksstamm*

Der Affe und das Krokodil

EINMAL, SO WIRD ERZÄHLT,
war ein Affenkind mit einem jungen Krokodil befreundet. Sie trafen sich unter den Bäumen am Fluß und spielten miteinander. Eines Tages aber sah dies die Großmutter des jungen Krokodils. »Mit wem spielst du dort immerzu?« fragte sie ihren Enkel.

»Mit meinem Freund, dem Affenkind«, antwortete das junge Krokodil.

»Ach«, sagte die Großmutter, »diese Freundschaft solltest du nutzen. Sieh nur, ich bin schon alt und schwach und werde nicht mehr lange leben; nur eines könnte mich vor meinem Tode retten: das Herz des Affenkindes. Denn es heißt seit alters, wer ein Affenherz verzehrt, wird wieder jung und fängt von vorne an zu leben. Geh hin und überliste deinen Freund und bringe mir sein junges Herz.

Da die Großmutter weinte und immer wieder darum bat, versprach das Krokodil, ihr ihren Wunsch am nächsten Tage zu erfüllen.

Und als am anderen Morgen das Affenkind wieder zum Ufer kam, sagte das junge Krokodil: »Laß uns heute hinausschwimmen, damit wir auf den Sandbänken des Flusses spielen können.«

»Aber ich kann nicht schwimmen«, erwiderte das Affenkind.

»Dann werde ich es dich lehren«, sagte das junge Krokodil. »Setz dich nur auf meinen Rücken und sieh zu, wie ich es mache.«

Das Affenkind kam vom Baum herunter, setzte sich rittlings auf das Krokodil; und dann schwammen sie hinaus.

Das Affenkind hatte jedoch eine große Angst vor dem Wasser, und als sie an den Sandbänken vorbeischwammen, fragte es: »Wohin bringst du mich? Wohin bringst du mich?«

»Halte dich nur fest«, sagte das junge Krokodil, »wir schwimmen noch ein Stückchen weiter, damit du siehst, wie ich es mache.«

Aber es wurde dem Affenkind unheimlich, und es fragte immer wieder: »Wohin bringst du mich? Wohin bringst du mich?«

Als sie die Mitte des Flusses erreicht hatten, sagte das junge Krokodil: »Ich muß dir etwas gestehen, lieber Freund. Meine Großmutter ist schon sehr alt und wird bald sterben; retten kann sie sich nur, wenn sie dein Affenherz verzehrt.«

Da rief das Affenkind: »Warum hast du das nicht gleich gesagt, denn ich hab mein Herz im Baum vergessen, der am Ufer steht. Laß uns zurückschwimmen, damit ich hinaufklettere und es hole.«

Hieraufhin wendete das Krokodil, und als sie das Ufer erreichten, kletterte das Affenkind geschwind auf einen Baum.

»Was bist du doch dumm«, rief es, »hast du schon je gehört, daß man sein Herz vergißt! Weißt du nicht, daß man es immer bei sich trägt, auch wenn es ein so dummes Herz ist wie das deine? Schwimm nur zurück und erzähle das deiner Großmutter!«

Namibische Sprichwörter

Wer des Freundes Hund schlägt, schlägt den Freund.

Die Maus ist klug, wenn sie in ihrem Loch sitzt.

Der Bach, den du verachtest, ist vielleicht der,
in dem du umkommst.

Schön wie ein Kissen, inwendig Lumpen.

Die Henne brütet nicht vor den Leuten.

Sitzest du auf dem Elefanten,
so kommen die Freunde herbei;
ist der Elefant verschwunden,
zerstreuen sich die Freunde.

Worin die Menge sich irrt, darin ist einer nicht klug.

Wer zu erziehen versteht, bekommt keine Kinder.

Dem Klugen braucht man nur den Anfang zu sagen,
das Ende weiß er selbst.

Wer um ein Zicklein prozessiert, verliert auch die Ziege.

Wer Fleisch trägt, ist des Hundes Feind.

Ich habe keine Palmennüsse gegessen,
und doch sind meine Lippen rot
(sagt man, wenn ein anderer die Vorteile einheimst,
während man selbst nur den Schaden davonträgt).

Wenn du die Kalebasse füllst, siehst du, ob sie läuft;
wenn du den Weg gehst, siehst du, ob er gut ist.

Der Dakale-Baum stirbt nicht von der Sonne,
der Mensch stirbt nicht von Schimpfwörtern.

Verlache den kleinen Kern nicht,
eines Tages wird er ein Baum sein.

Die Ameise überwältigt einen Elefanten.

Erziehe einen Leoparden, so bricht er dir den Hals.

Der größte Sprecher hat nicht immer recht.

Inhalt

ISBN 3-358-00845-2
3. Auflage 1987

Lizenz-Nr. 304-270/247/87-(47)
Gesamtherstellung:
INTERDRUCK Graphischer Großbetrieb Leipzig – III/18/97
LSV 7528
Für Leser von 9 Jahren an
Bestell-Nr. 632 199 3
00750

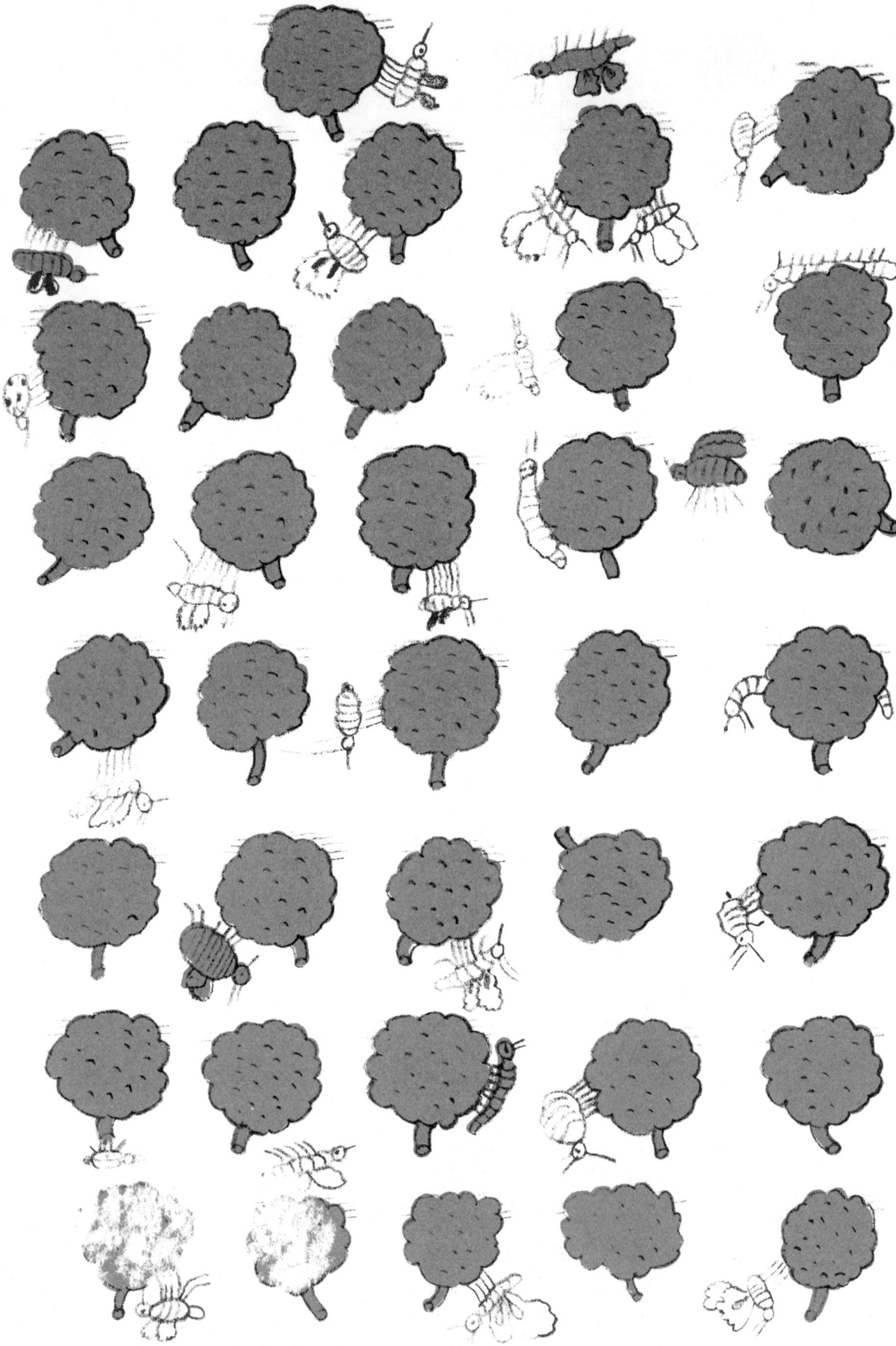